谷川俊太郎エトセテラリミックス

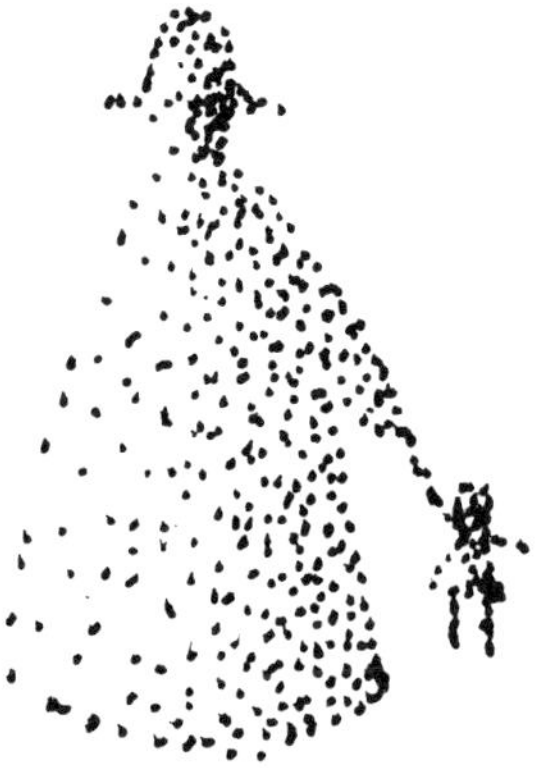

いそっぷ社

谷川俊太郎エトセテラ　リミックス　―目次―

自分タチ

劇画詩集

赤塚不二夫

自分トフタリッキリデ暮ラスノダ
自分ノパンツハ自分デ洗ウノダ
自分ハ自分ヲ尊敬シテイルカラ
ソレクライナンデモナイノダ
自分ガニコニコスレバ
自分モ嬉シクナッテニコニコスルノダ
自分ガ怒ルト自分ハコワクナルノデ
スグニ自分ト仲直リスルノダ
自分ハトッテモ傷ツキヤスイカラ
自分ハ自分ニ優シクスルノダ
自分ノ言ウコトサエキイテイレバ
自分ハ自分ヲ失ウコトハナイ
自分ハ自分ガ好キデ好キデタマラナイ
自分ノタメナラ生命モ惜シクナイ
ソレホド自分ハスバラシイノダ

ごはんですよ

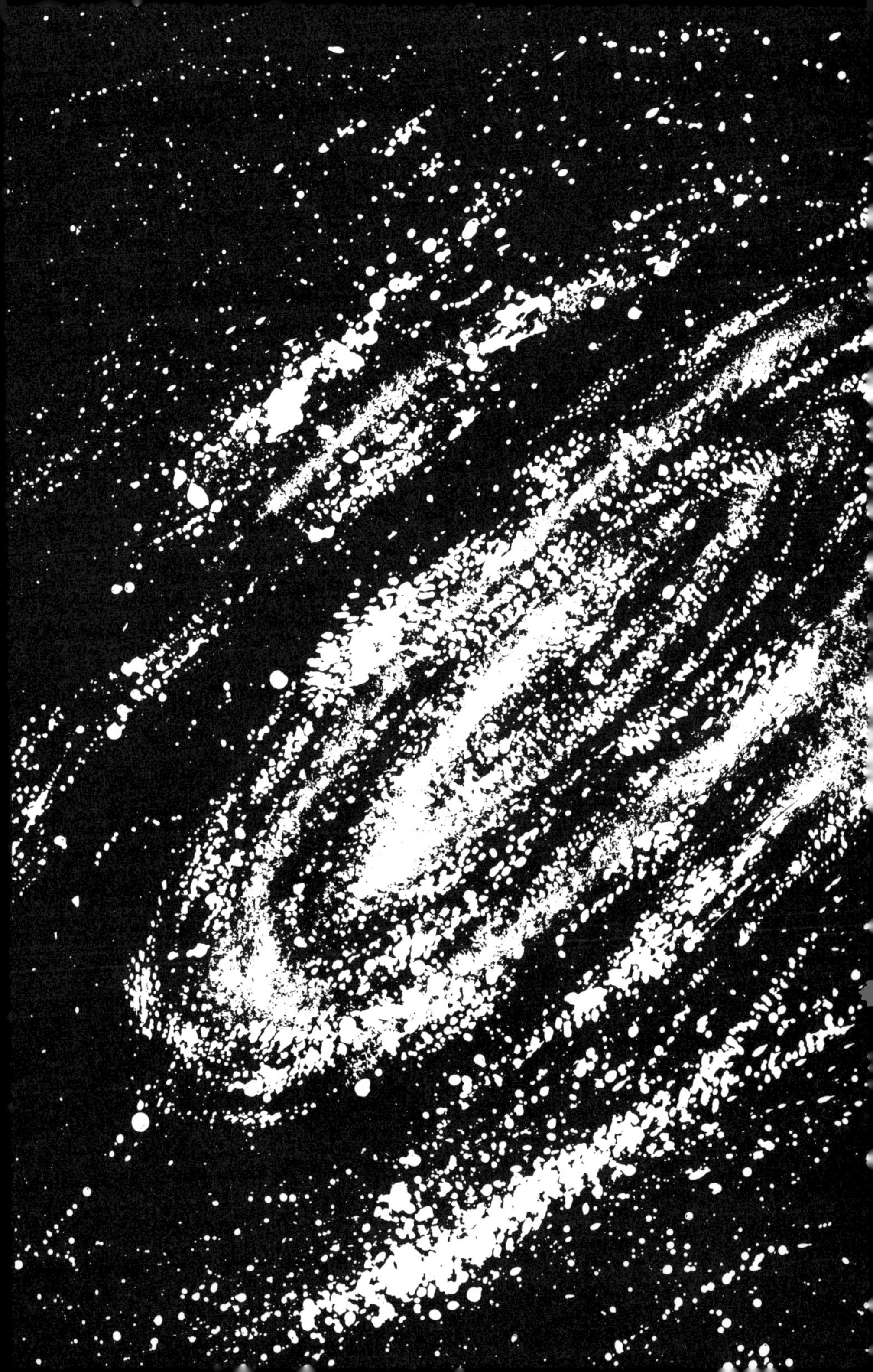

自分ノオナカガスケバ
自分ハ自分ニ御飯ヲ
食ベサセル
自分ノオ茶碗ノ中ノ
自分ノ米粒ヲ
自分ノ手ニモッタ
自分ノオ箸デ
自分ノ口ニ入レ
自分ノ歯デヨクカンデ
自分ノ胃ニ送ル
自分ノコトハミンナ
自分デスル

コンナ自分デ自分ハ本当ニ幸セ！

ナンダ
ユウベ笹カマボコヲ食ッタクセニ
コブ茶ダッテ飲ンダクセニ
歯マデミガイタンダロ
スイッチダッテ消シタンダロ
ミンナ自分ノタメニシタコトダロ
ナンダ
自分ダッテ自分ノクセニ
ソレトモ自分ハ自分ジャナイト言ウノカ
自分コソ自分ジャナイカ

自分ガイナケリャ自分ハドウナル
ナンダ
鏡ニウツルハ自分ジャナイカ
ツネッテ痛イハ自分ジャナイカ
死ヌモ生キルモ自分ジャナイカ
自分デ自分ガ分ラナイノカ
自分ガ自分デシカナイコトニ気ヅカナイノカ
バカ

三万年前ノ自分
八世紀頃ノ自分
六千年前ノ自分
約五百年前ノ自分
年代不明ノ自分
昨年秋ノ自分

一週間前ノ自分
昨日ノ自分
一昨日ノ自分
今朝ノ自分
入浴中ノ自分

自分ハ自分ッテ　ホントニソウナノ？
笑イタカッタラ　オイオイ泣クノヨ
愛シテクレテモ　ドウニモナラナイ
イツカラコンナ　自分ニナッタノ？
死ヌマデ自分ハ　自分ノママナノ？
シカタガナイデハ　アンマリナノヨ

ペ

フォト・ミュージカル

＋細江英公

かあいそうなのよ
私はうんと
かあいそうなのよ
モツァルトに
失恋して
自殺する
つもりだったのに
お台所のガスの元栓

しめ忘れたの気になって
どしても死ねないの
ぺ！　だわ
ほんとにぺぺぺだわよ
海はからくて濡れてるから
甘くて乾いてるものが欲しい
つまり焼きたてのパイなんか
でも資格ないわ
ナパームの味さえ知らぬ私
昭和二十年八月十五日に
生れたんですって
だから見たことない
海軍さんの白い制服
ほんとかあいそう

なんなのよ
生きるってなんなのよ
云ってごらん
叫んでみな
本気で
絵も詩も音楽も芝居も
私をだませない
ぺ！
モツァルトの赤ちゃん
生んじゃうから

原潜の
潜望鏡の上に
立ってるのよ今
くすぐったいけど
笑えない一体いつまで
こうなのかしら　やあね

ほめうた

アクロスティック

＋長新太

ちくりとさすとげにも
よいにまかせた
うたにこて
しんになみだの
たねがある

ちいさなこのほしに
よりみちした
うちゅうじんか
しんやひとり
たびをつづけて

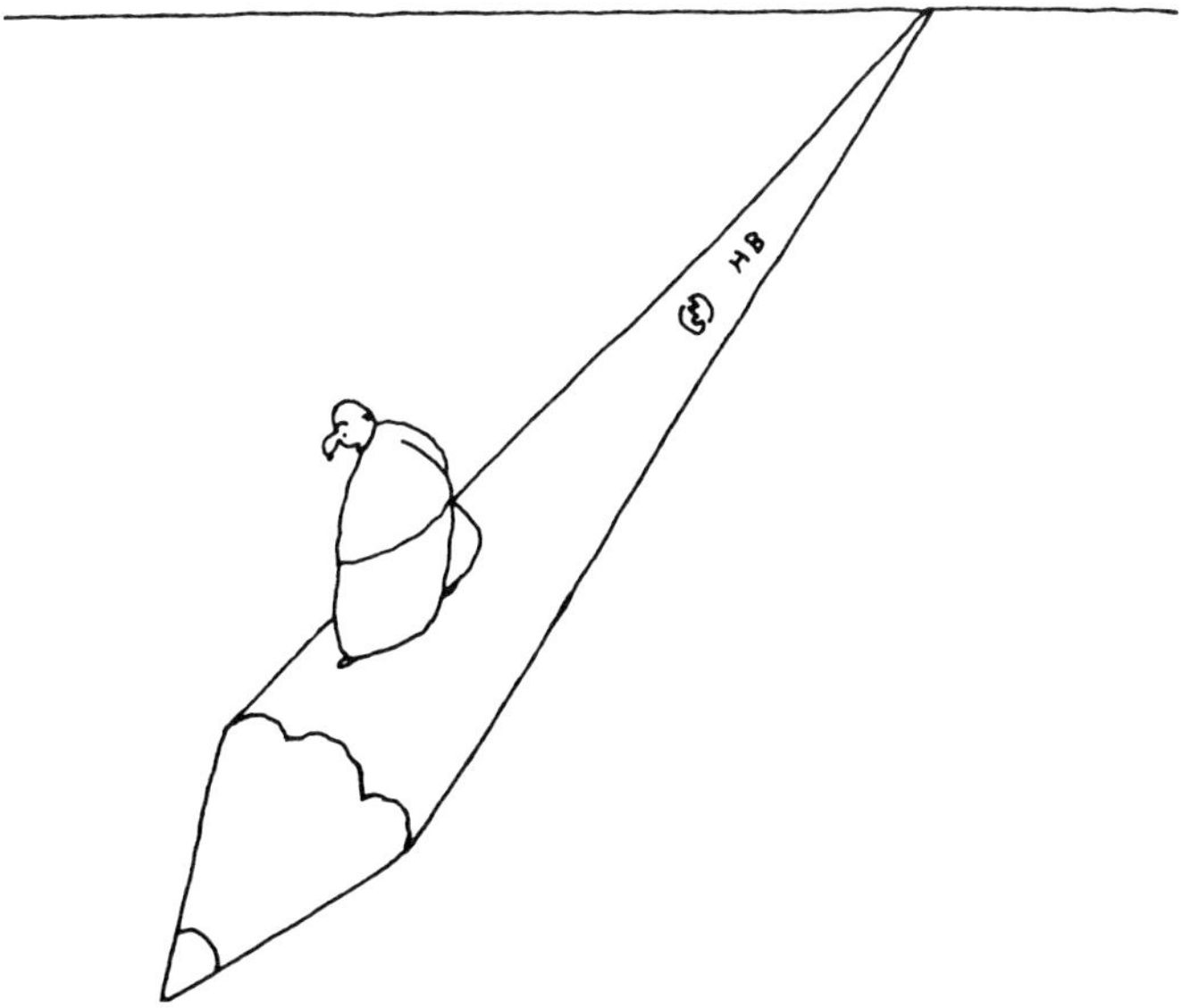

なんにもない？

落書き

1
なんにもない？
いいや　なにかがある
なにがある？
「なんにもない」がある

2
「なんにもない」がこっちをむいた

3
「なんにもない」が泣いた

4
泣いたらなみだがひとつぶこぼれた

5
おや　なみだになにかがうつってる

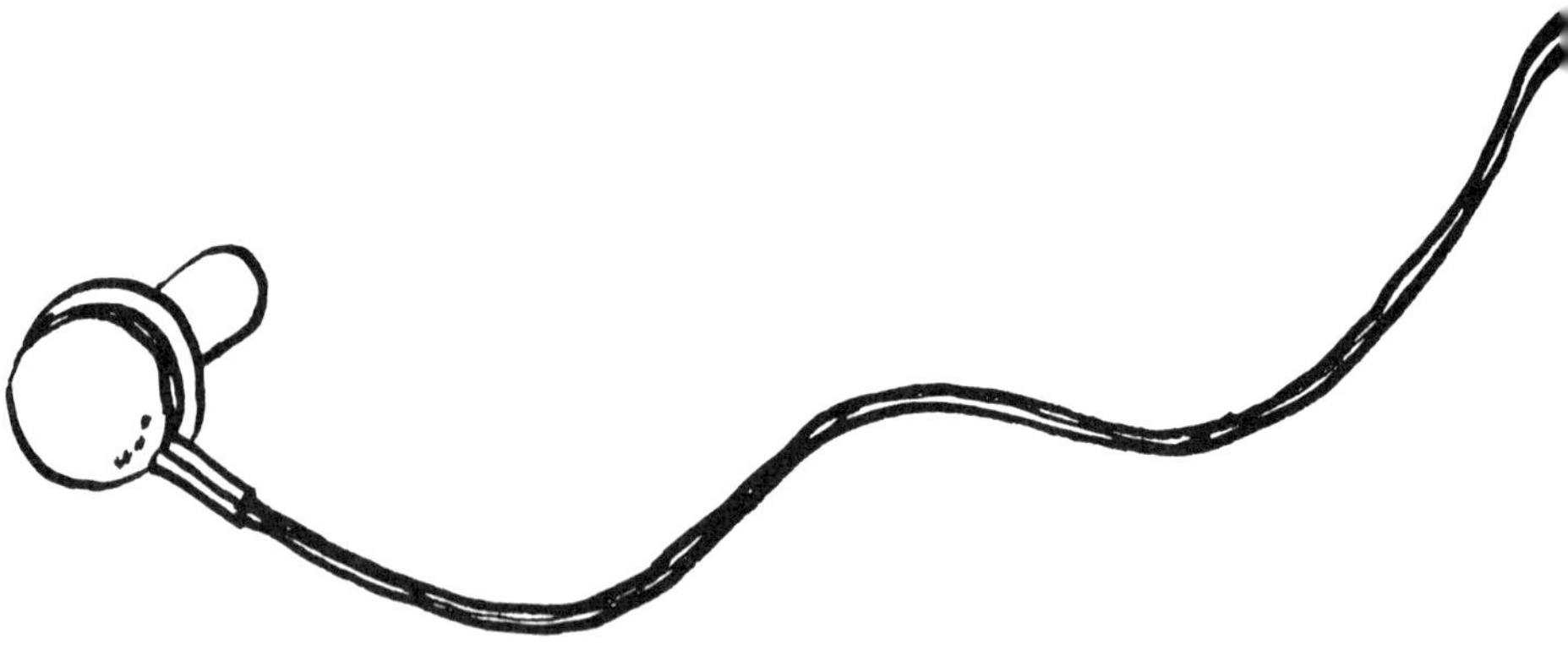

よくみると

6

よくよくみると
へなんにもないしのなみだに
へなにもかもしがうつってる

7

へなにもかもし!
花も土瓶も恋も理も G-Nもおしりもぎろちんも!

8

へなにもかもし?
いいや　なにかがない
なにがない?
へなんにもないしがない

9

へなんにもないしがふりむいた

10 へなんにもないしが笑った

11 笑ったらえくぼができた

12 えくぼをみると
よくみると

13 よくよくみると
えくぼは宇宙だった

14 宇宙のなかに星雲があり

15 星雲のなかに太陽があり

16 太陽系のなかに地球があり

17 地球のうえに国があり

18 国のなかに都市があり

19 都市のなかにビルがあり

20 ビルのなかに部屋があり

21 部屋のなかに電子顕微鏡があり

22 電子顕微鏡のしたに物質があり

23 物質のなかに分子があり

24 分子のなかに原子があり

25
粒子のなかに素粒子があり

26
素粒子のなかに――

27
なんだかわからぬ点があった

28
それは「なんにもない」のつぶだった！

29
そんなはずはない……

30
その瞬間「なんにもない」は爆発した！

31
・「なんにもない」がなくなった
宇宙こそ
なんにもなんにもない
いいや

なにかがある
では　なにがある？

32

なにもかもある
なにもかも！

海曜日の街

詩

＋横尾忠則

海曜日ノ
黄昏
無意味人ノ
街ハ
歯痛性日常デ
生存学ハ

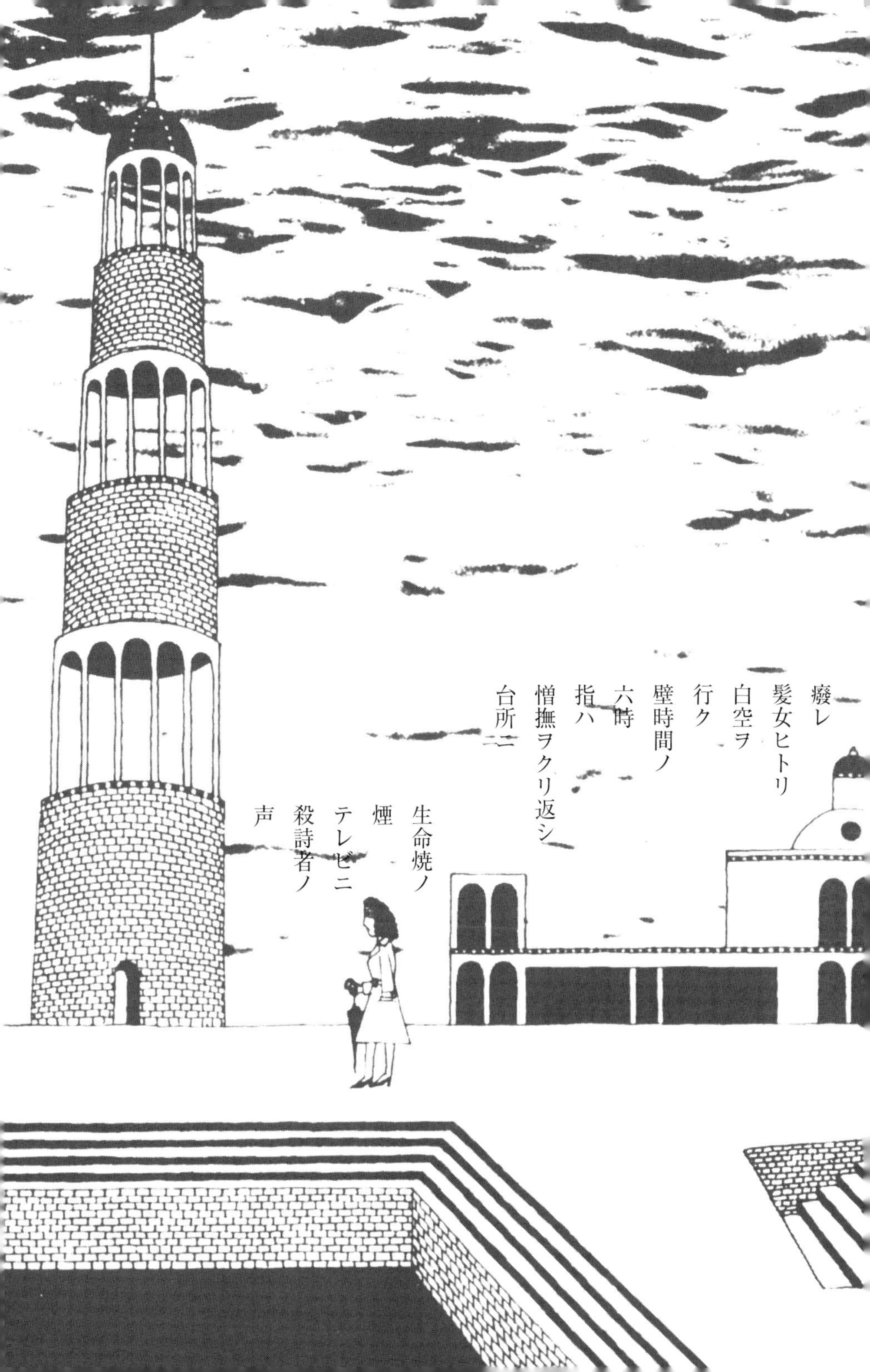

癈レ
髪女ヒトリ
白空ヲ
行ク
壁時間ノ
六時
指ハ
憎撫ヲクリ返シ
台所ニ

生命焼ノ
煙
テレビニ
殺詩者ノ
声

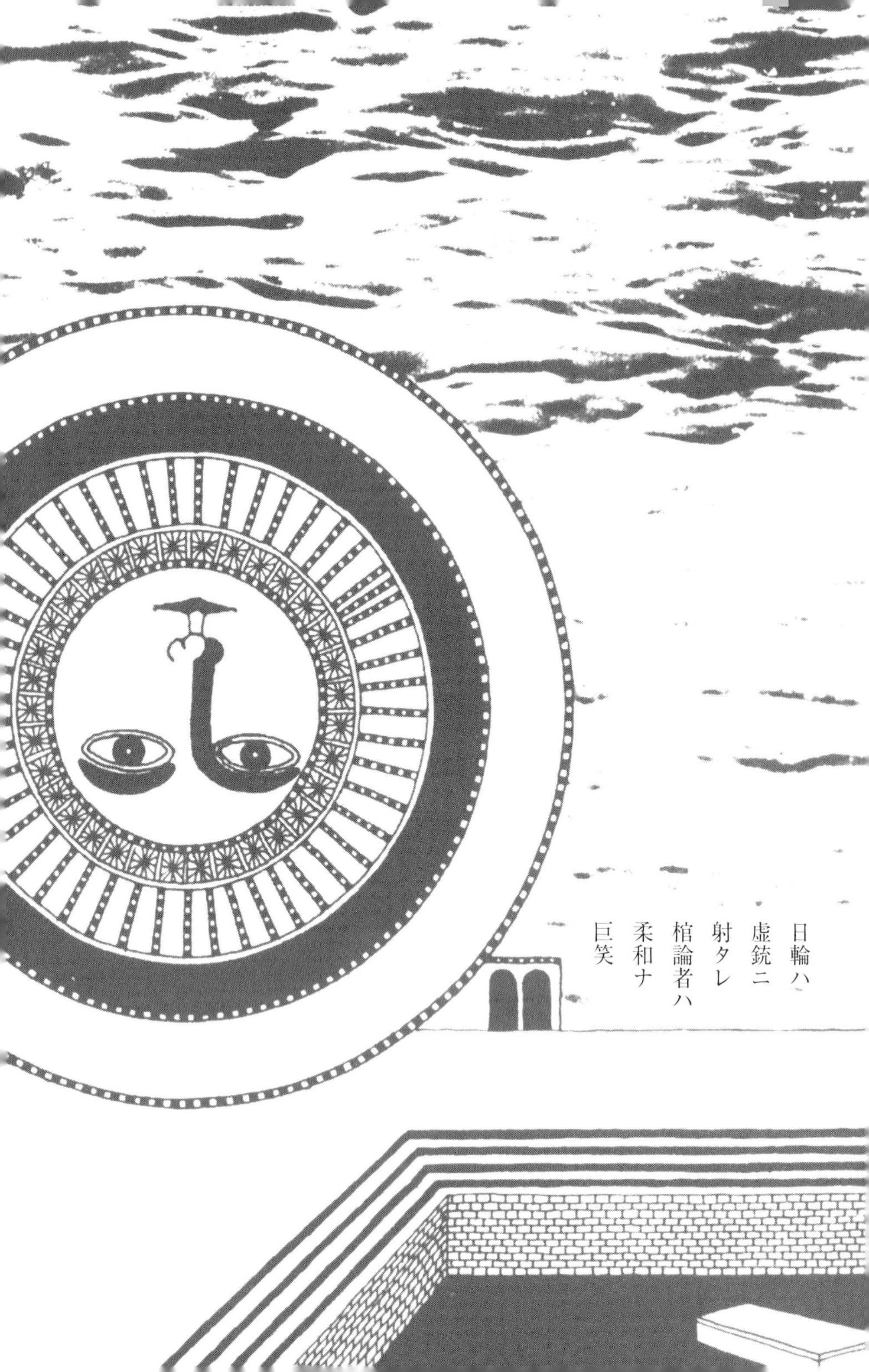
日輪ハ
虚銃ニ
射タレ
棺論者ハ
柔和ナ
巨笑

潜死艦ノ
海卒ノミ
凝視説ヲ
信ジテイル

風獣ノ
六肢ニ
思衣ガ
マツワリ
無宙ノ
空平線ニ
星船ノ
帆ガ
僅カニ
ヒラメク

生誕について

短歌

建物は実にかすかに揺れているそのことだけに気がついている

午後四時の机の上に匙がある嬰児の声が庭に聞こえる

枝々も雲も私もハイドンも時の白紙に刷られる版画

本棚にプランクトンの本があるこの一刻は無へと近づく

ほほえみに私自身も気づかない落ちたりんごが腐り始める

五七五七七で何かを云わねばならぬ必然性は私には何も無かった。それ故私は短歌は書きたくなかった。偶々そういうリズムになった短詩を書きたかった。けれどそれは、私の見通しの甘さであった。五七五七七の枷《かせ》は私を十重二十重にしばりつけ、私はもがいた。これらの作品は、その空しいもがきの跡にすぎません。「生誕について」という題をいただいたけれど、それを考えるゆとりなどなかったのです。自分勝手に、私にとっては、初めてのこの試み自体を、その面映ゆい名で、仮に呼ばせておいてもらいます。五七五七七の枷の中で、死んだものよりも生れたものの方が強かったと、私には思えたから。

あきびん考

広告コピイ

十元永定正

あきびんというものに目をこらすことなど、
ふつうの人間にはめったにあることではないが、
前夜友だちと楽しく空にしたボトルに
翌朝ふとした拍子に目が行ったりすると、
妙なさびしさに襲われることがある。
べつに二日酔のせいだけではあるまい、
中身を失ってからっぽになったびんの姿に、
なにかしら同情のごときものすら覚えるのは、
人間もまた老いさらばえると
いつかはあきびんと同じように
頭がからっぽになって
人から忘れられ世間から捨てられると
悪い想像を働かせるからか。
だが、からっぽになったいれものとは、
そんなにも無用なものであろうか。
中身が役立てばそれでいれものは
捨てられて当然ということになるのか。
そんなことはあるまい。
いれものがなかったら中身はかたちを成さなかった。
運ぶことも量ることも手にすることも
ままならなかっただろう。
人の心も頭脳も、
人のからだなしには存在せぬのと同じように。
老いた人々は物を捨てたがらない、
からっぽになったいれものにも
いつかはよみがえる機会があると信じてとっておく。
その願いは切ない。
だが人はおのが心とからだを
子々孫々へ伝えることができる。
人は人を生む、そのように、
びんもびんを生むことができるのではないか。
無きずのまま捨てられて忘れられるより、
たとえこなごなに砕かれても、
ふたたびよみがえって役立ちたい——
もしあきびんに心というものがあれば、
そう思うにちがいない。
たまたま一本のあきびんに目をこらすだけで、
そのびんの行く末が気にかかり始めるのも、
人情というものであろうか。

クリフトンN.J.

歌

＋小室等

ぼくらはみんな過ちを犯し
そのくせ正義を口にする
ぼくらはみんな憎しみを恐れ
そのくせ愛するのが下手だ
今日クリフトンという名の小さな町は
梨の木が白い花ざかり
教会の前でバスを下りて
ぼくはきみの家を探す

ぼくらはひとり故郷《ふるさと》を捨てて
そのくせ祭を待ちのぞむ
ぼくらはひとり英雄を夢み
そのくせ甘えるのが好きだ
今日クリフトンという名の小さな町で
きみはもうここにいないと
心の病気で入院したと
ルームメートに告げられた

ぼくらはみんな化け物のようだ
そのくせ理性を信じてる
ぼくらはみんな永遠を恋し
そのくせこの時代のとりこ
今日クリフトンという名の小さな町の
街角でぼくは酔っぱらい
日本語で何かわめいたんだ
多分ひどくみだらなこと

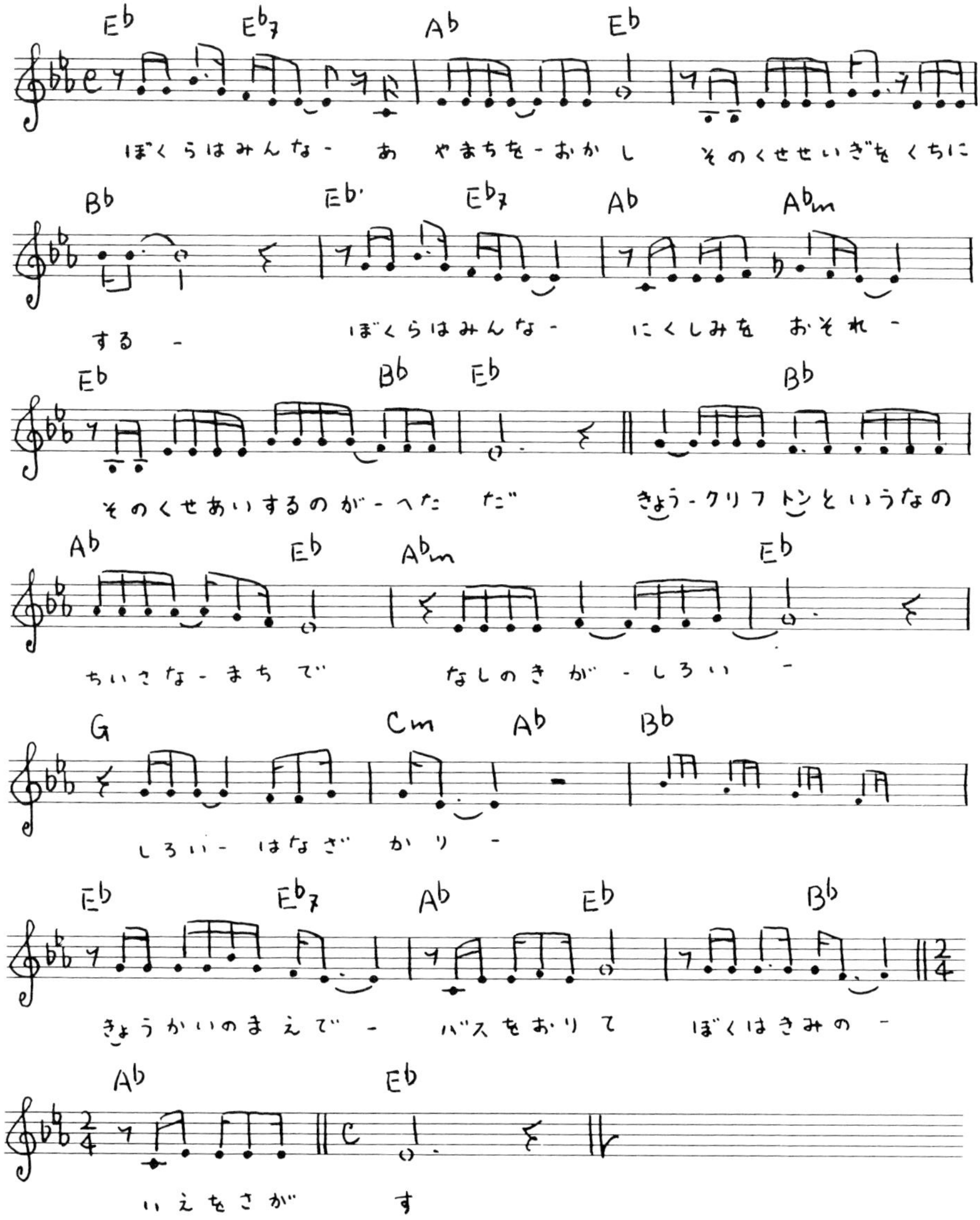
Eb Eb7 Ab Eb
ぼくらはみんなー あやまちをーおかし そのくせせいぎを くちに
Bb Eb Eb7 Ab Abm
する ー ぼくらはみんなー にくしみを おそれー
Eb Bb Eb Bb
そのくせあいするのがーへた だ きょうークリフトンというなの
Ab Eb Abm Eb
ちいさなーまちで なしのきがーしろい ー
G Cm Ab Bb
しろいー はなざかり ー
Eb Eb7 Ab Eb Bb
きょうかいのまえでー バスをおりて ぼくはきみのー
Ab Eb
いえをさが す

お早うの朝

歌 ＋ 小室等

ゆうべ見た夢の中で
ぼくは空を飛んでいた
小川の上を落っこちまいと
あひるみたいにはばたいた
　夜の心のくらやみから
　夢はわいてくる
　誰もそれをとめられない
　そしてお早うの朝はくる

ゆうべ見た夢の中で
ぼくは石になっていた
見知らぬ町で人に踏まれ
声を限りに叫んでた
　夜の心のくらやみから
　夢はわいてくる
　さめても夢は消えはしない
　けれどお早うの朝はくる

ゆうべ見た夢の中で
ぼくはきみを抱きしめた
はだしの足の指の下で
何故か地球はまわってた
　夜の心のくらやみから
　夢はわいてくる
　夢には明日がかくれている
　だからお早うの朝はくる

G Am
ゆうべみた－ ゆめの－なかで－ ぼ
Em D
くは－そらを－とんでいた－－
G Am
おがわの－うえを－ おっこち－まいと－ ア
Bm C B7 Em
ヒル－みたいに－ はばたいた－
D G Am
－ よるのこころの－
Em Am Cm
くらやみから－ ゆめは－わいてくる
G G7 Am D
－－ だれも－それをとめ
Em
られ－ない－－ そし
G Am Cm G
ておはようの－あさはくる－－

夏が終る

歌

小室等

褪せたようなうすい青空
とうすみとんぼが飛んでゆく
ききょう　かるかや　おみなへし
あざみ　ゆうすげ　われもこう

謎のようなひとの裏切り
白いよろい戸が閉じられる
あげは　くわがた　くまんばち
おけら　あしなが　きりぎりす

ひとりたどる夜の山道
どこへ帰るのかあてどない
いてざ　オリオン　かいおうせい
スピカ　こぐまざ　カシオペア

Abmaj7 Bb69
あせたーような うすいーあおぞら
Abmaj7 Bb
とうすみ とんぼが とんでゆく
Abmaj7 Ebmaj7 Abmaj7
ききょう ー かるかや おみ
Bb Abmaj7 Ebmaj7
なえし ー あざみ ー ゆうす
Abmaj7 Ebmaj7
げ われもこ
Cm
う ー

こどもが　ふたり

えかきうた

こどもが
ふたり
しりとり
してた
へんな
てんきで
つまらない

マザー・グース

翻訳

長新太

ディンドンかねがなる
こねこがいどのなかにいる
だれがほうりこんだんだ？
ちびのジョニー・グリーンのやつだ
だれがひっぱりあげたのさ？
ちびのトミー・スタウトさ
ジョニーはなんてわるいこなんだ
あわれなこねこをおぼらすなんて
いちどもいたずらしなかったのに
なやのねずみをころしもしたのに

Ding, dong, bell,
Pussy's in the well.
Who put her in ?
Little Johnny Green.
Who pulled her out ?
Little Tommy Stout.
What a naughty boy was that,
To try to drown poor pussy cat,
Who never did him any harm,
And killed the mice in his father's barn.

マザー・グース

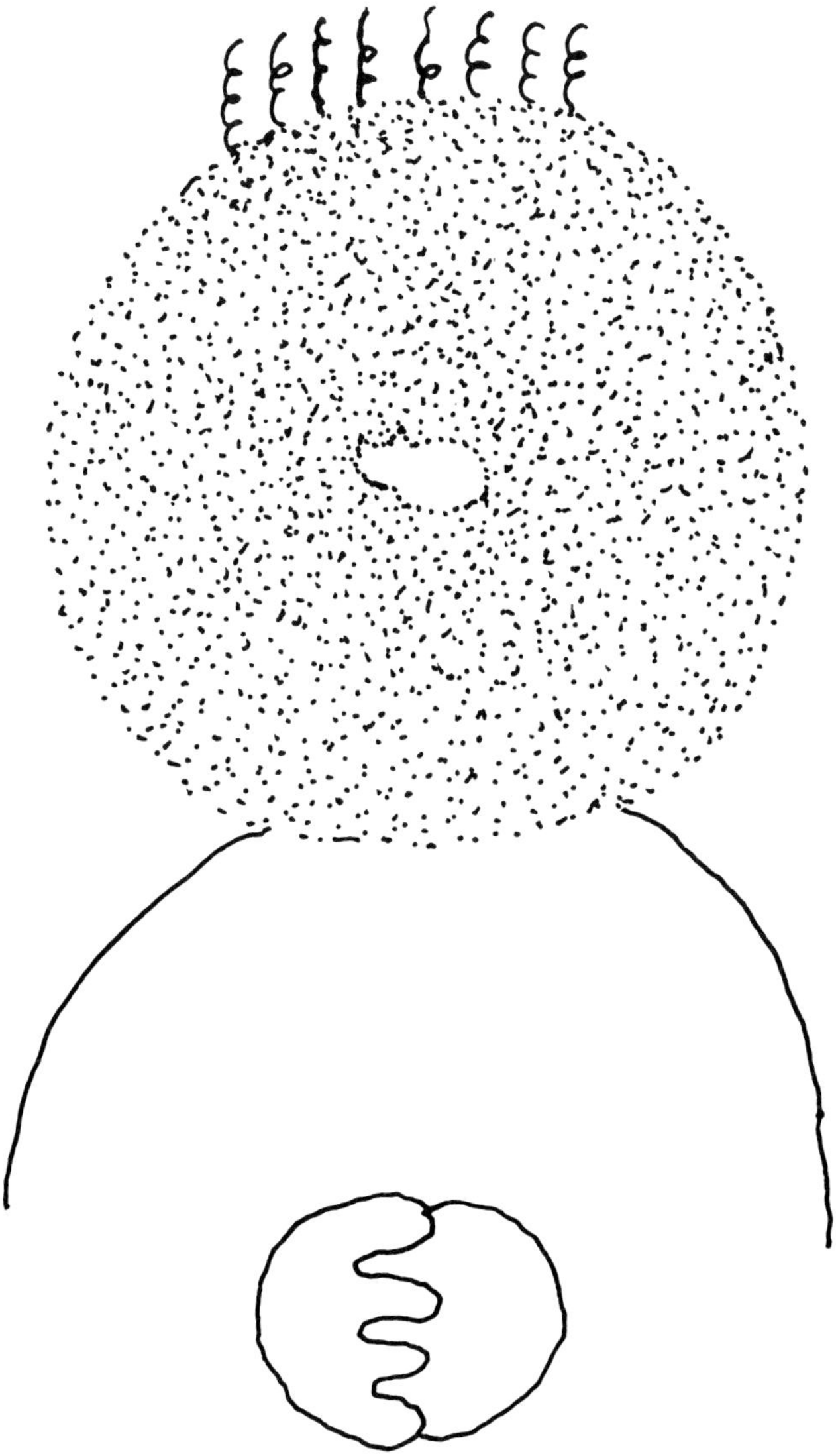

あるおとこ
　なまえはドブ
そのにょうぼ
　なまえはモブ
いぬがいて
　なまえはコブ
ねこがいて
　なまえはチッタラボブ
　　コブ　とドブがよぶ
　　チッタラボブ　とモブがよぶ
コブはドブのいぬ
　チッタラボブはモブのねこ

There was a man,
And his name was Dob,
And he had a wife,
And her name was Mob.
And he had a dog,
And he called it Cob,
And she had a cat,
Called Chitterabob.
Cob, says Dob ;
Chitterabob, says Mob.
Cob was Dob's dog,
Chitterabob Mob's cat.

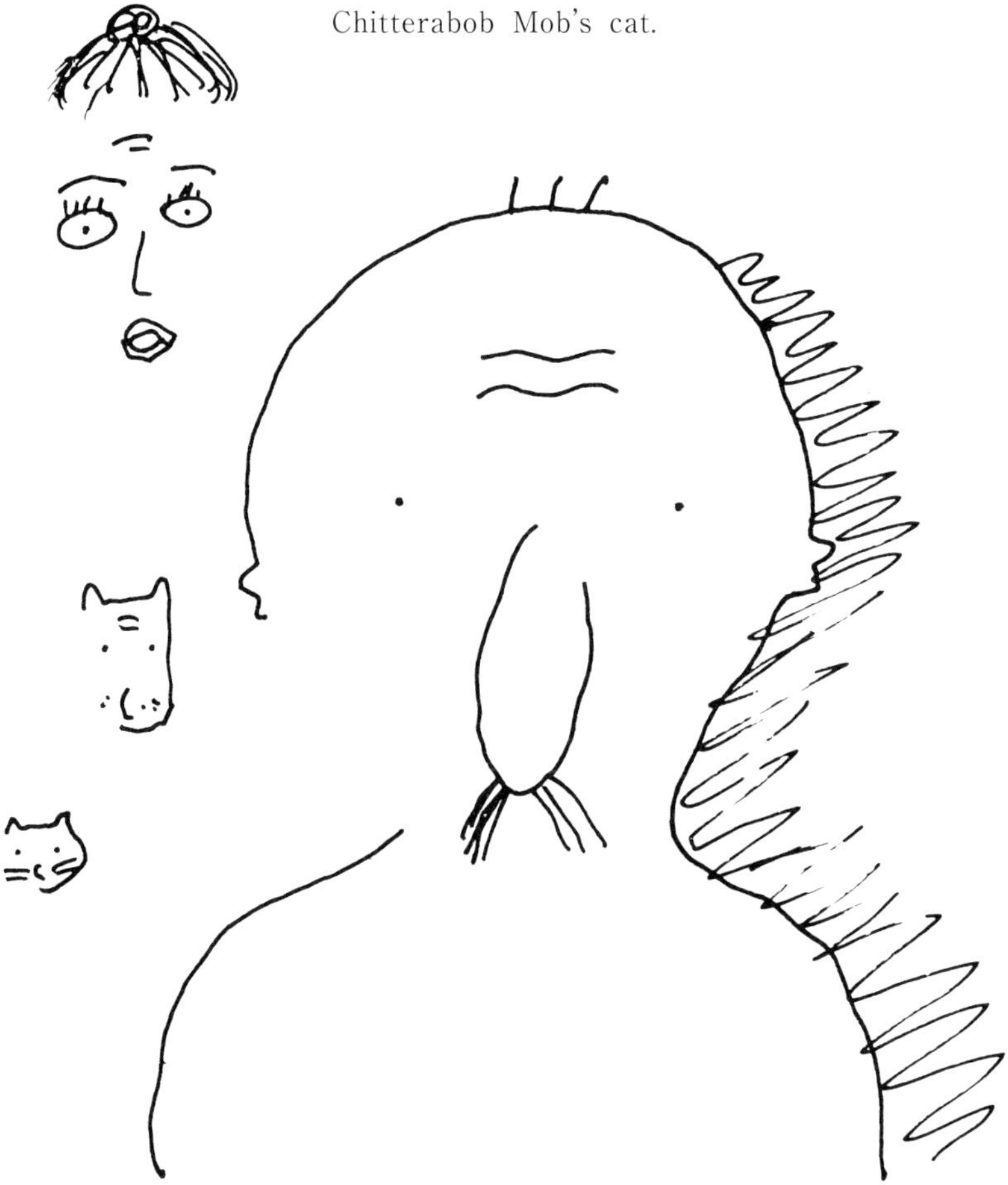

ひとつきまえにおやじはしんで
ざいさんみんなのこしてくれた
はねぶとんいちまいに　ぎそくいっぽん
それからかわのはんズボン

くちのかけたどびんがいっこ
とってのとれたちゃわんがいっこ
ふたのなくなったパイプひとつに
ただもおなじのろうそくいっぽん

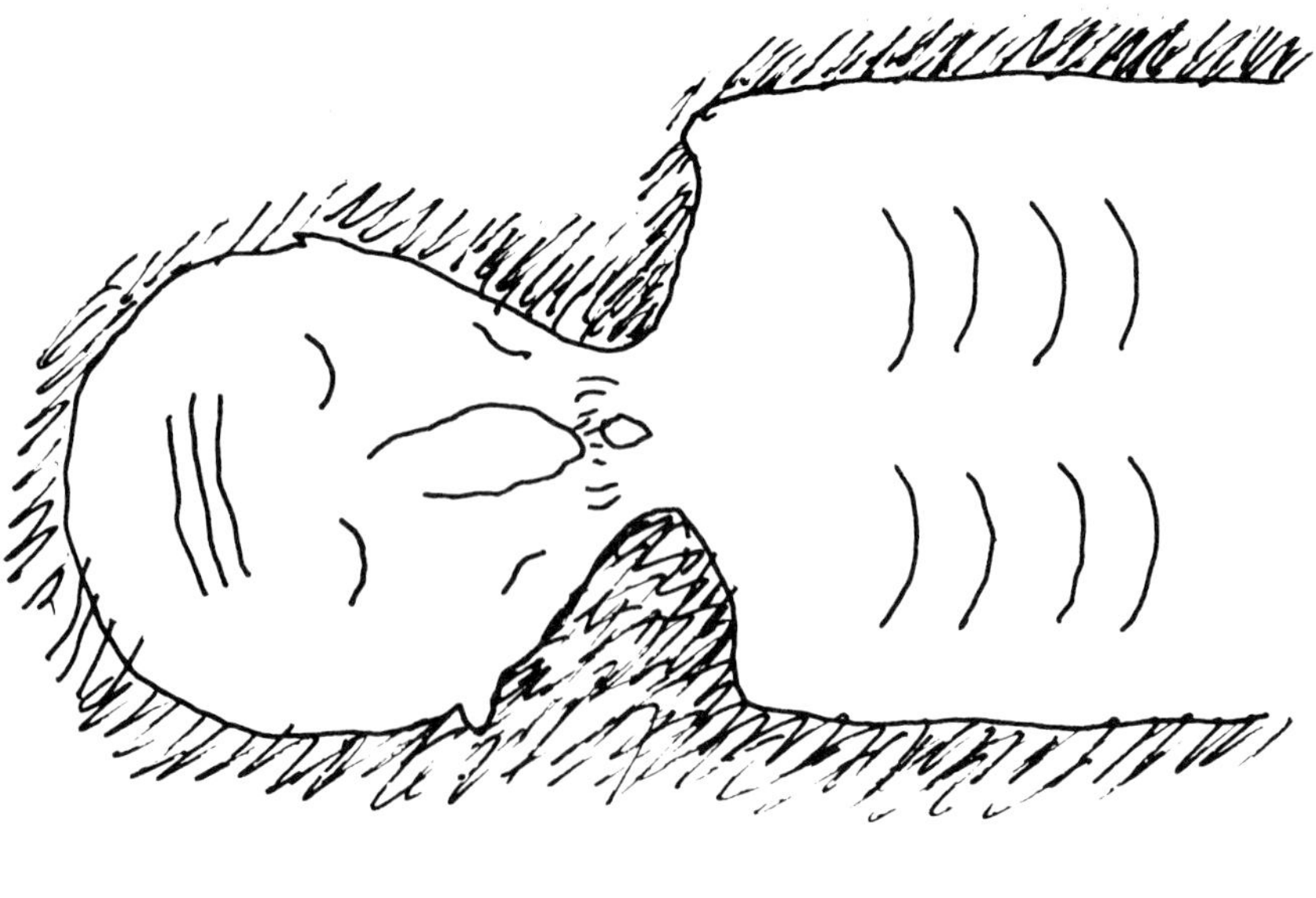

My father died a month ago
And left me all his riches ;
A feather bed, and a wooden leg,
And a pair of leather breeches.

He left me a teapot without a spout,
A cup without a handle,
A tobacco pipe without a lid,
And half a farthing candle.

ジャック・ア・ノリーの
おはなししようか
さあおはなしははじまった
ジャックとあにきの
はなしもしようか
さておはなしはこれでおしまい

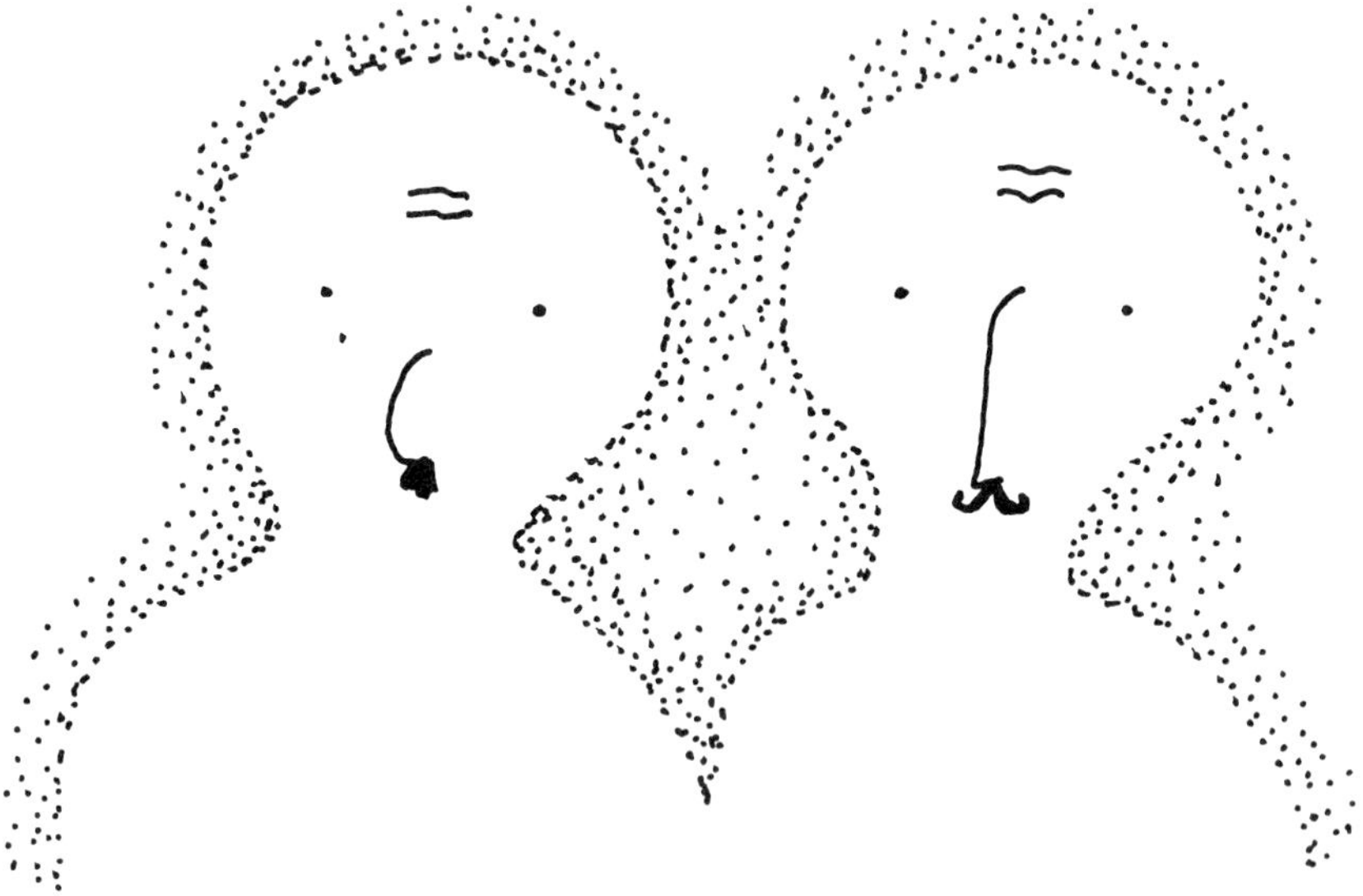

I'll tell you a story
About Jack a Nory,
And now my story's begun;
I'll tell you another
Of Jack and his brother,
And now my story is done.

マザー・グース

あれののまんなかでおとこがたずねた
うみにはいくついちごがみのる？
おいらはうまくこたえてやった
もりにはえてるにしんにおとらずたくさんさ

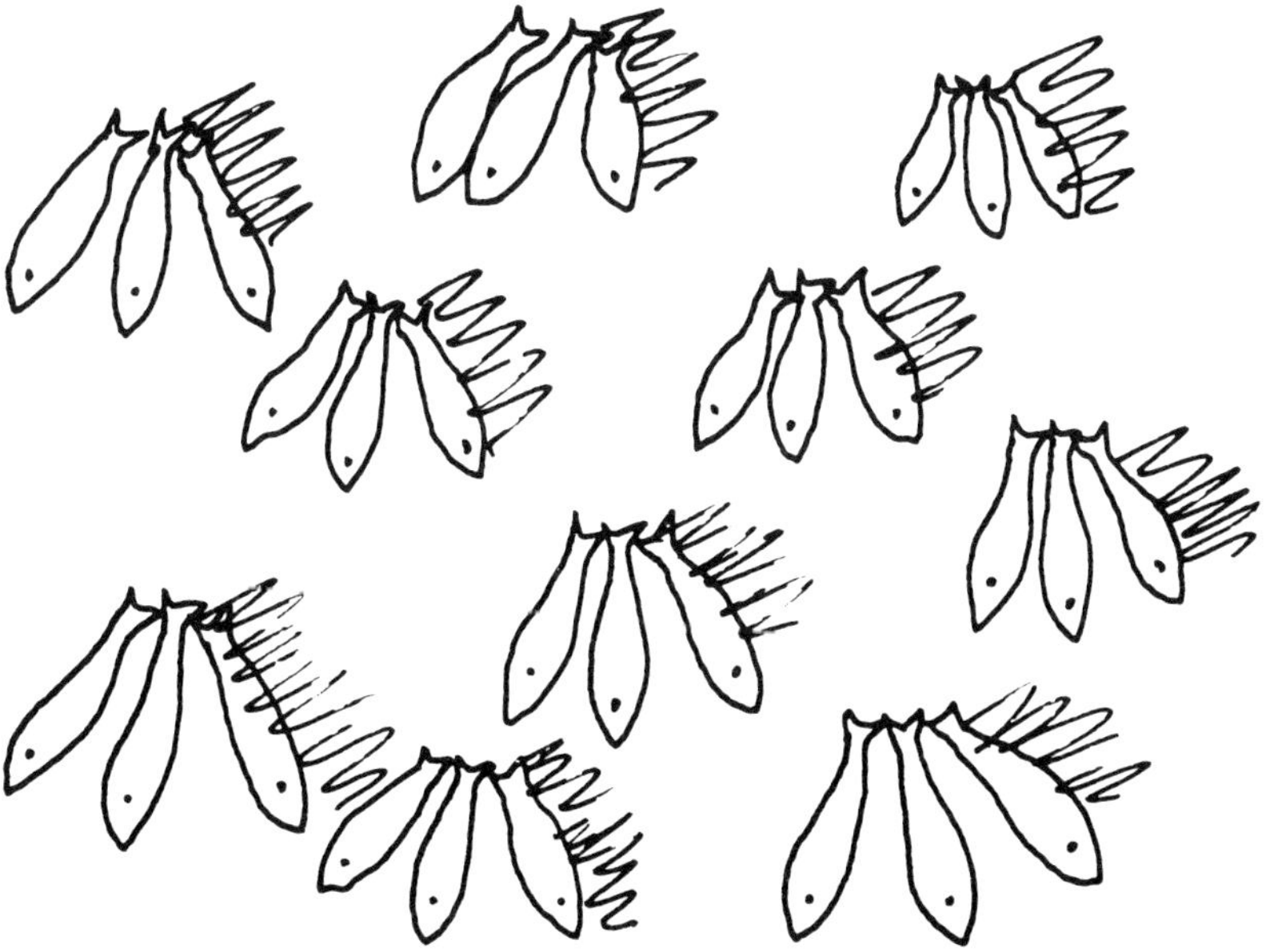

A man in the wilderness asked me,
How many strawberries grow in the sea ?
I answered him, as I thought good,
As many as red herrings grow in the wood.

かわいいにんぎょうもってたの
ポケットのなかにすまわせて
こむぎとほしくさあげていた
そこへきたのはいばったこじき
けっこんしたいといいだして
わたしのにんぎょうつれてっちゃった

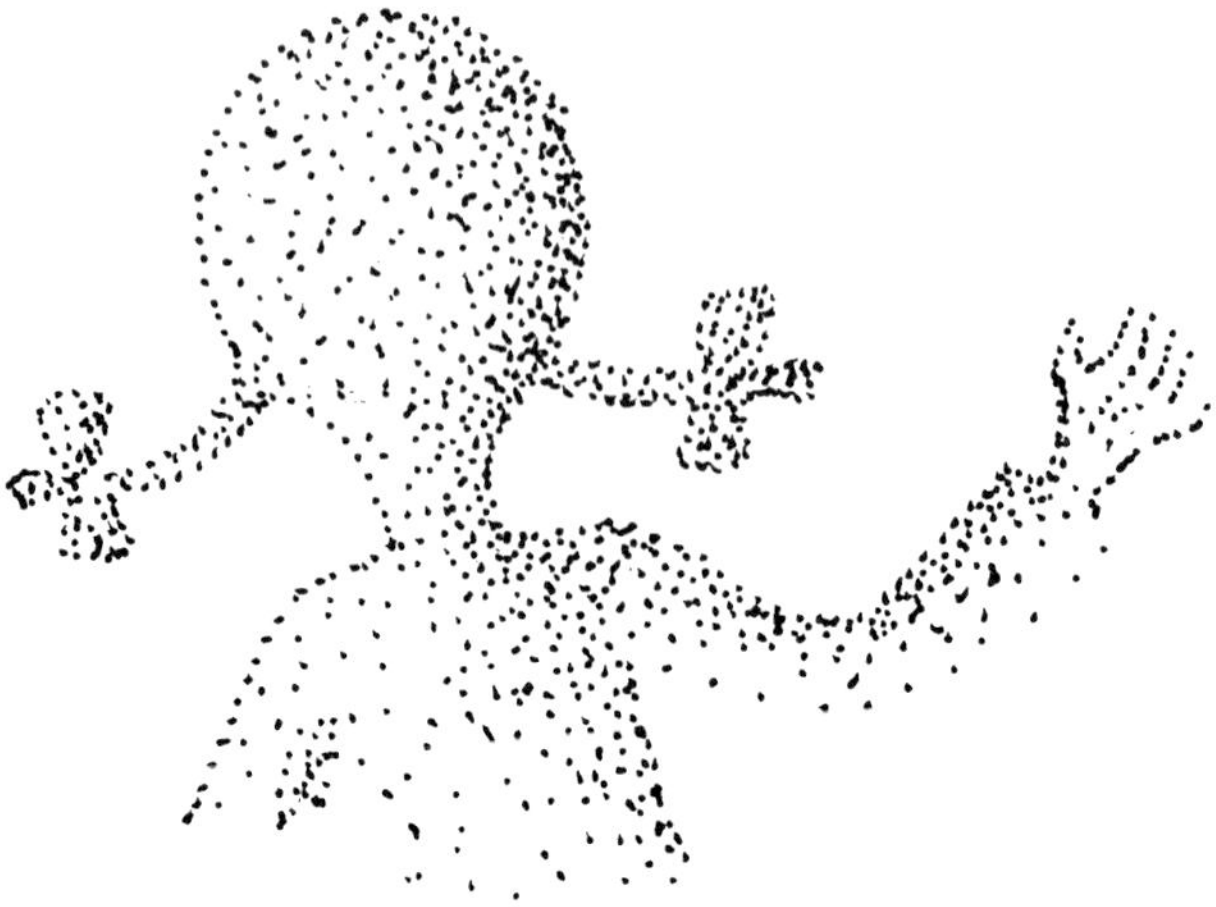

I had a little moppet,
I kept it in my pocket
And fed it on corn and hay ;
Then came a proud beggar
And said he would wed her,
And stole my little moppet away.

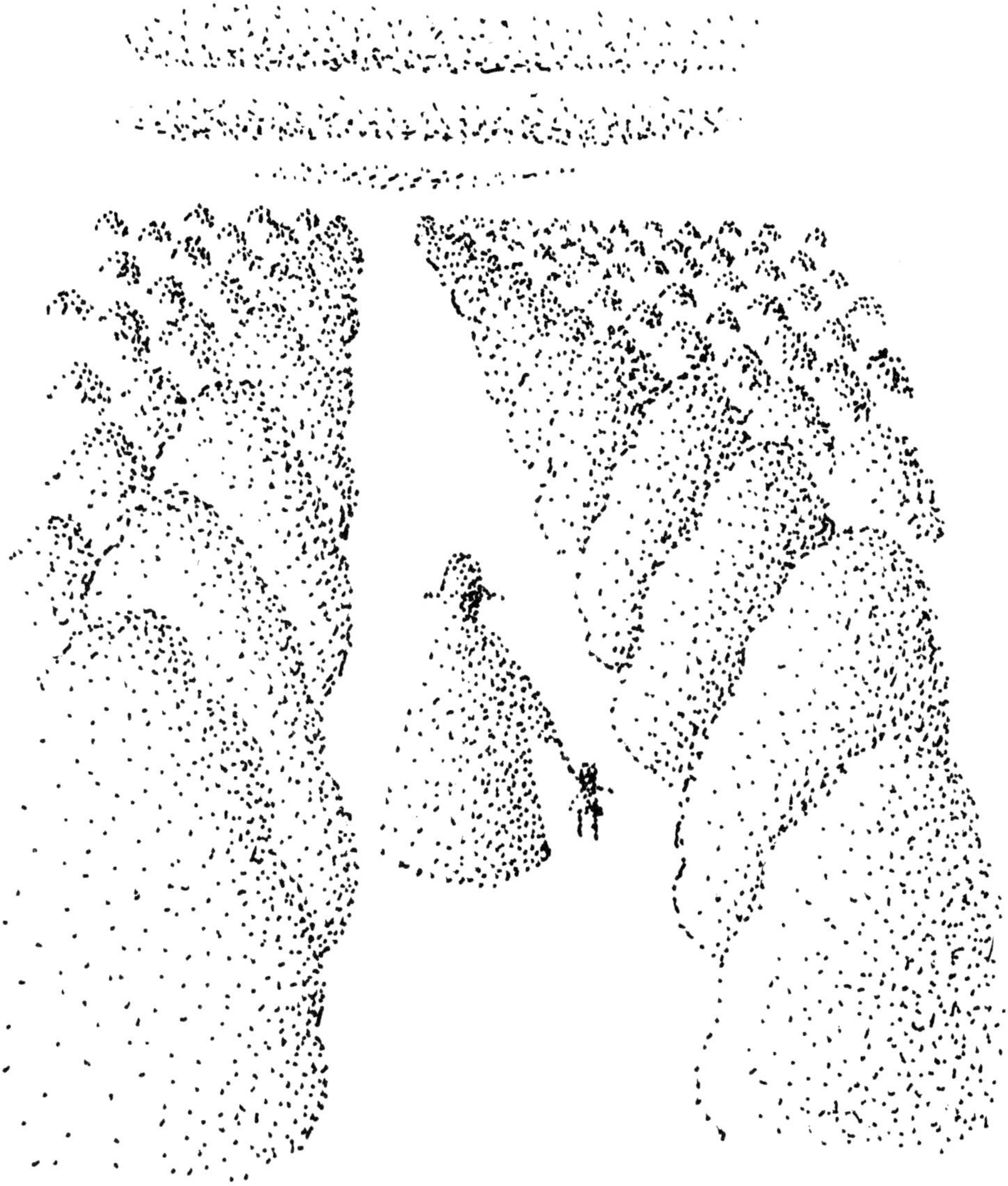

かわいいこねこがわたしはだいすき
けがわはとってもあったかい
わたしがこねこをいじめなければ
こねこもわたしにわるさをしない
だからしっぽもひっぱらないし
おいはらったりもしないでおくわ
そのかわりこねことわたしは
とってもいいこでいっしょにあそぶ

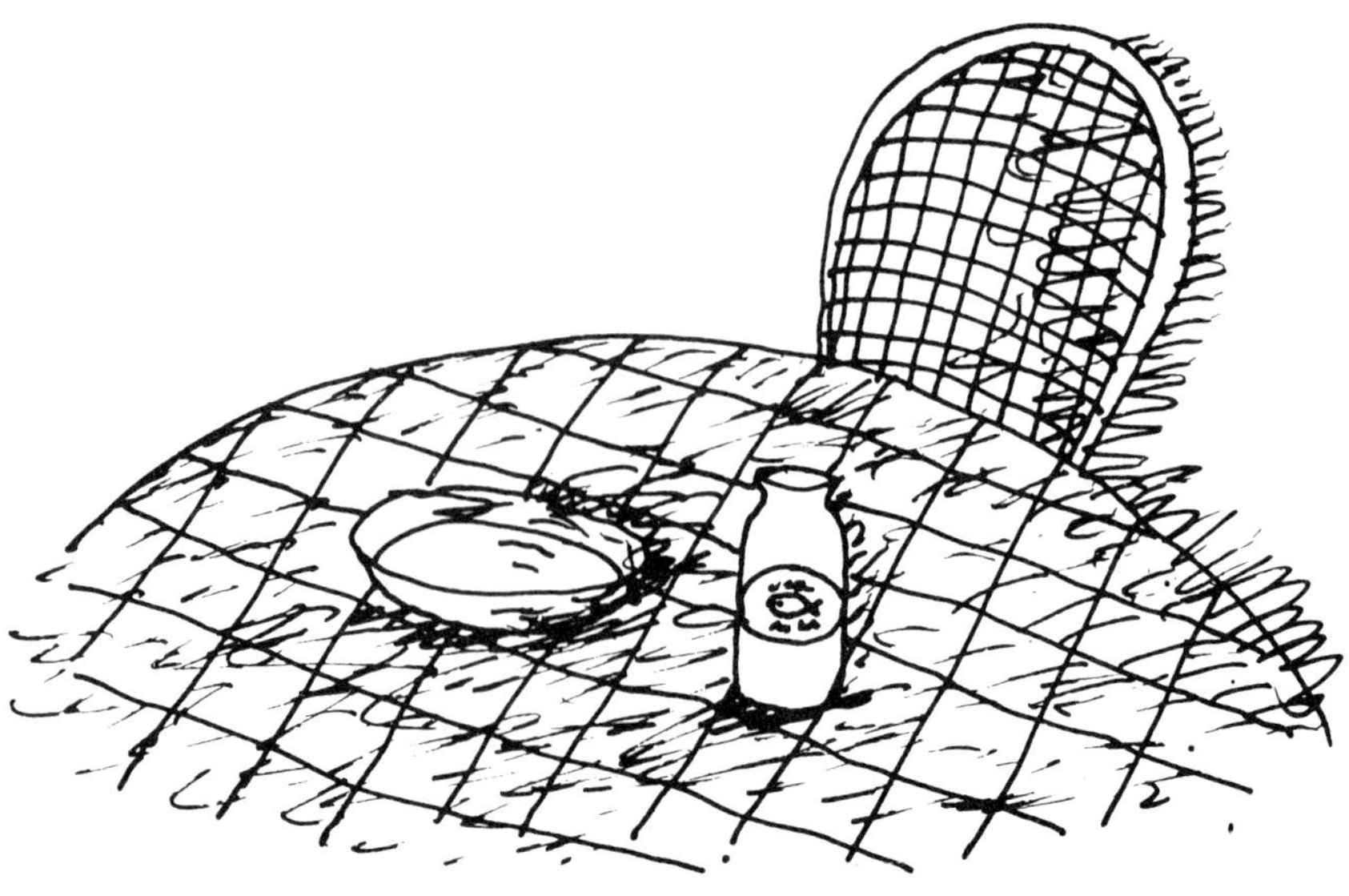

I love little pussy,
  Her coat is so warm,
And if I don't hurt her
  She'll do me no harm.
So I'll not pull her tail,
  Nor drive her away,
But pussy and I
  Very gently will play.

おおいさましいヨークのとのさま
ひきいるけらいはいちまんにん
おかのうえまでこうしんさせて
それからしたまでまたもどらせた
うえにいるときゃうえにいて
したにいるときゃしたにいる
とちゅうにいるときゃけらいたち
うえにもしたにもいなかった

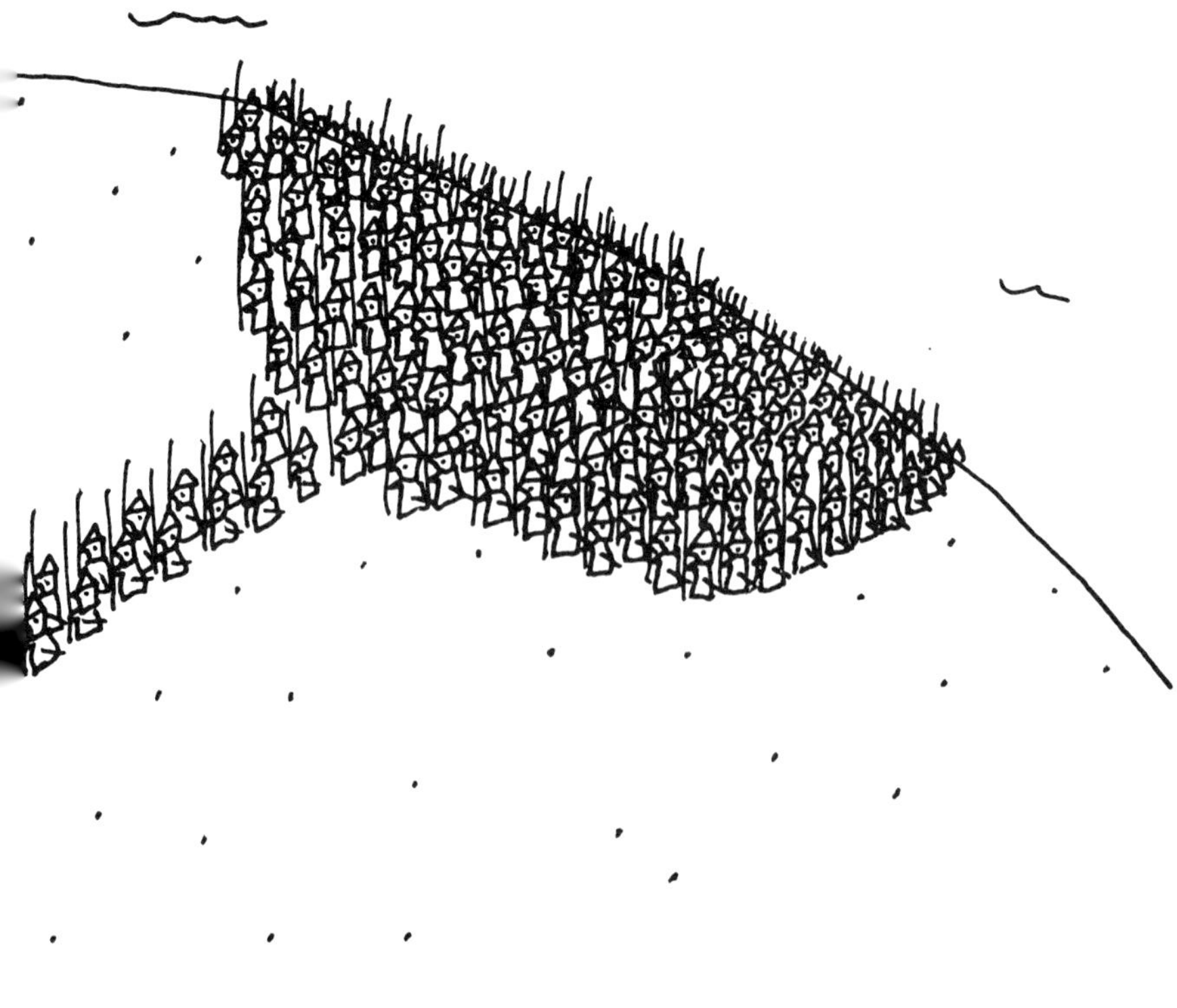

Oh, the brave old Duke of York,
  He had ten thousand men ;
He marched them up to the top of the hill,
  And he marched them down again.
And when they were up, they were up,
  And when they were down, they were down,
And when they were only half-way up,
  They were neither up nor down.

ひとりのかみさんがいたってさ
　うわさにきいたはなしだが
たまごをうりに
　いちばへいった
つきにいちどの
　いちのたつひに
ところがうっかりねむりこむ
かいどうすじのみちばたで

とおりかかったものうりの
なはスタウトというおとこ
かみさんのしたぎをきりとった
すそのところをすっかりまあるく
ひざのうえまで
　きりとった
かわいそうにねむるかみさん
ぞくっとふるえてはっくしょん

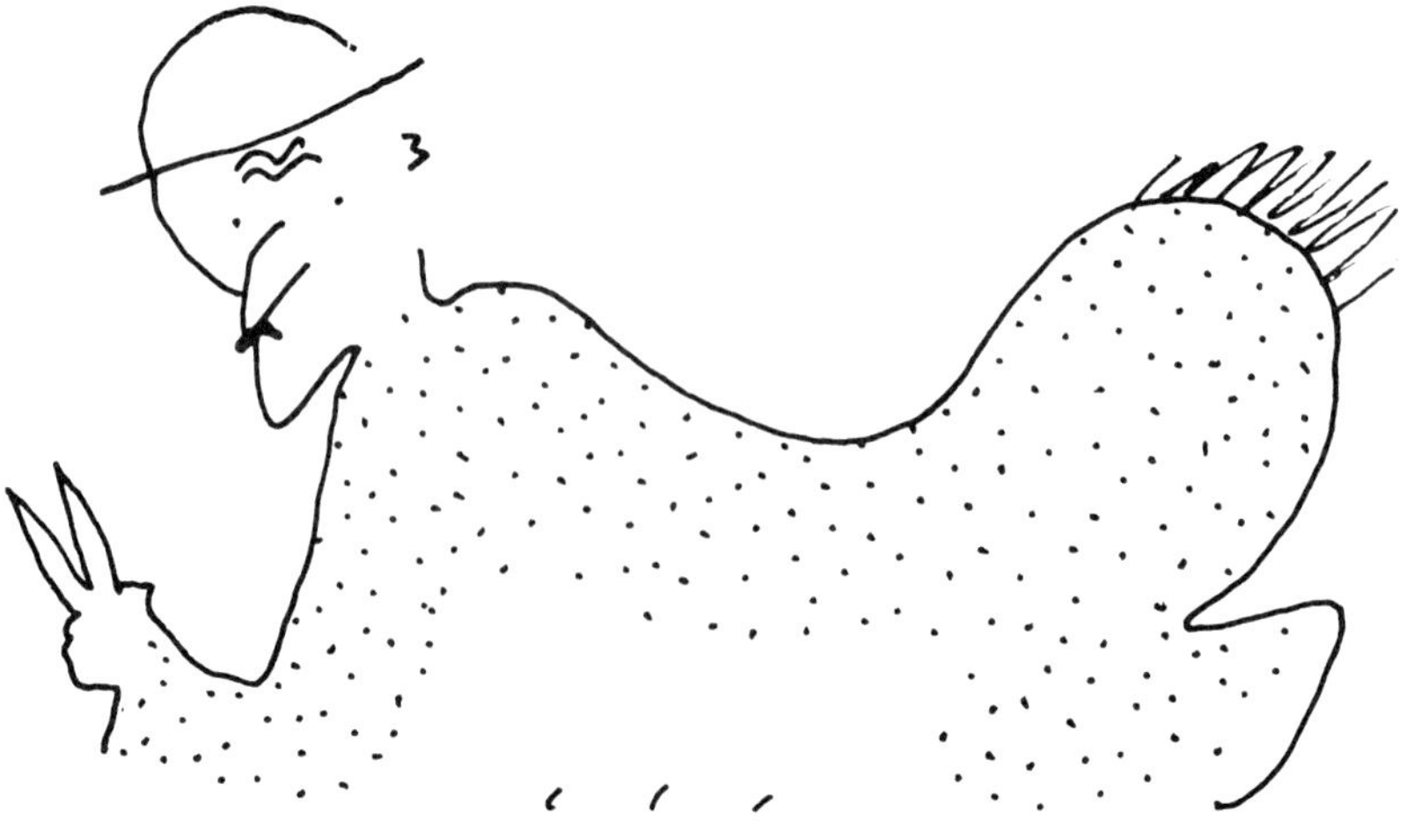

やがてかみさん
　めがさめかけて
ぶるぶるがたがた
　ふるえだし
おまけにおいおい
　なきだした
かみさまどうかおたすけを
　わたしがわたしじゃなくなった！

わたしはわたしとおもいたいけど
　もしもわたしじゃなかったら
うちにちいさないぬがいて
　わたしをちゃんとおぼえてる
もしもわたしがわたしなら
　しっぽをふってくれるでしょう
もしもわたしじゃなかったら
　きゃんきゃんきゃんとほえたてる！

とっぷりくれたよるのみち
かみさんうちにかえりつく
ちいさないぬはとびあがり
きゃんきゃんきゃんとほえはじめ
ちいさないぬがほえだすと
かみさんおいおいなきだした
かみさまどうかおたすけを
やっぱりわたしはわたしじゃない！

There was a little woman,
As I have heard tell,
She went to market
Her eggs for to sell ;
She went to market
All on a market day,
And she fell asleep
On the king's highway.

There came by a pedlar,
His name was Stout,
He cut her petticoats
All round about ;
He cut her petticoats
Up to her knees ;
Which made the little woman
To shiver and sneeze.

When this little woman
Began to awake,
She began to shiver,
And she began to shake ;
She began to shake,
And she began to cry,
Lawk a mercy on me,
This is none of I !

But if this be I,
As I do hope it be,
I have a little dog at home
And he knows me ;
If it be I,
He'll wag his little tail,
And if it be not I
He'll loudly bark and wail !

Home went the little woman
All in the dark,
Up starts the little dog,
And he began to bark :
He began to bark,
And she began to cry,
Lawk a mercy on me,
This is none of I !

本書は、２００６年刊行『谷川俊太郎エトセテラ　リミックス』（小社刊）の中に収められた詩を中心に再構成し、新装版としたものです。

谷川俊太郎エトセテラ　リミックス　新装版

２０１７年3月25日　第1刷発行

著者……谷川俊太郎
装幀……長坂勇司
カバー装画・写真……赤塚不二夫、長新太、細江英公、横尾忠則、谷川俊太郎
発行者……首藤知哉
発行所……株式会社いそっぷ社
〒１４６-００８５　東京都大田区久が原５-５-９
電話０３-３７５４-８１１９
印刷・製本……シナノ印刷株式会社

ISBN978-4-900963-73-3　C0095
定価はカバーに表示してあります。